AF299422

5492.
0. 27.

Ye

10049

EPITRE

A UN
HOMME DE LETTRES
CÉLIBATAIRE.

PIÈCE

Qui a concouru pour le Prix de l'Académie
Françoise, en 1773.

Par M. DOIGNI DU PONCEAU.

Les noms, les tendres noms & d'Époux & de Père,
Ô Homme, feroient-t'ils étrangers à ton cœur? (THOMAS.)

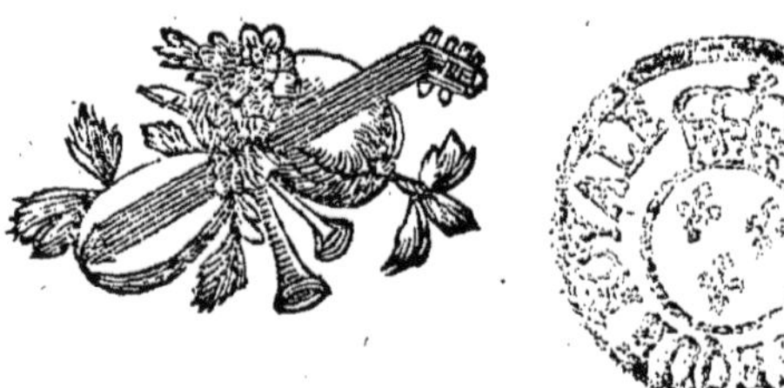

A PARIS;

Chez J. B. BRUNET, Imprimeur-Libraire de l'Académie
Françoise, & DEMONVILLE, Libraire, rue S. Severin,
vis-à-vis celle de Zacharie, aux Armes de Dombes,

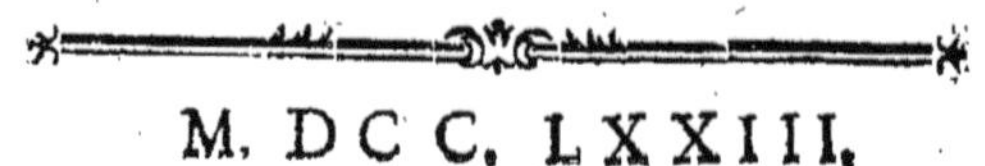

M. DCC. LXXIII.

AVERTISSEMENT.

L'Académie Françoise ayant fait une mention honorable de cette Pièce, on a cru devoir lui en faire hommage en la donnant au Public.

ÉPITRE

A UN HOMME DE LETTRES

CÉLIBATAIRE.

EH quoi? toujours rébelle aux vœux de la nature,
A sa touchante voix, qui dans ton sein murmure,
Fier de ta liberté, tu brises le lien
Par qui l'Être sensible est Homme & Citoyen!
L'Hymen te fait frémir! sombre Célibataire!
Tu dédaignes les noms & d'Époux & de Père,
La froide Indifférence a desséché ton cœur,
Et c'est en n'aimant rien, que tu crois au bonheur!
Combien je plains, Ami, ta superbe sagesse!
Ainsi, l'Amour heureux, l'innocente Tendresse,
Ces trésors que le Ciel versa sur les Humains,
Pour adoucir le poids de leurs cruels destins,
N'embelliront jamais ton solitaire asile,
Rien ne peut t'attendrir, ton ame est immobile.
Crois-moi, cette raison, qui te rend orgueilleux,
D'un Mortel isolé ne fait point un heureux,
Et ne l'arrache point, par un triste système,
Au pénible tourment de vivre avec lui-même.

Le vrai Sage confole, & fert l'Humanité,
Appartient tout entier à la Société,
Et ne repouffe pas la Compagne chérie,
Qui l aide à fupporter le fardeau de la vie.
Je fais que l'égoïfme, orgueilleux deftructeur,
A tari parmi nous la fource du bonheur;
Dans ce fiècle fameux des Arts & du Génie,
Si l'efprit s'eft orné, l'ame s'eft endurcie.
Tous les cœurs font fermés, tous les nœuds font rompus,
Les Vices infolens ont profcrit les Vertus,
Et des antiques Mœurs le Temple refpectable,
De la Beauté timide, afile inviolable,
S'écroule, & n'offre plus que de trifles débris,
Où l'Innocence en pleurs rampe aux pieds du Mépris.
Quels coupables excès, & quel affreux ravage !
Mortel indépendant, contemple ton ouvrage !
De ton enfance, Ami, peins-toi l'heureux tableau;
Vois ton père attendri, penché fur ton berceau,
Couvrir de fes regards, & mouiller de fes larmes
L'intéreffant objet de fes tendres alarmes.
O Ciel! s'écria-t'il, veille fur cet enfant,
Qu'un jour il foit utile, & qu'il foit bienfaifant.
Je fais vœu de nourrir, dans cette ame flexible,
Le befoin d'être aimé, d'être honnête & fenfible;
Qu'il forme, comme moi, ces refpectables nœuds,
Qui des Hommes unis font un Peuple d'heureux.
Oui, de chers rejettons foutiendront ma vieilleffe;
Rajeuni dans leurs bras je renaîtrai fans ceffe,
Leurs confolantes mains me fermeront les yeux....
Et d'un père adoré tu trompes tous les vœux.

Eh bien , puiſqu'une voix ſi puiſſante & ſi tendre
A ton cœur endurci ne peut ſe faire entendre ,
Que ton propre intérêt, réveillant ta langueur ,
T'arrache à l'égoïſme, & te rende au bonheur.
Apprend que l'Habitant de ce triſte Hémiſphère
N'eſt point impunément oiſif & ſolitaire,
Ce débile arbriſſeau, vers la terre penché,
Qui bientôt ſe flétrit, s'il n'eſt point attaché,
D'un appui ſecourable implore l'aſſiſtance.
Quand la fille du Temps, la ſage Expérience,
Des erreurs du jeune âge , effaçant le tableau,
De nos yeux deſſillés a levé le bandeau,
Soudain autour de nous ſa clarté réfléchie
Vient nous déſabuſer du ſonge de la vie,
Et l'homme malheureux, qui recule d'effroi,
Sur un globe déſert ne trouve plus que ſoi.
Bientôt, ô mon ami ! tes brillantes années,
S'échappant bruſquement des mains des Deſtinées,
Sous les aîles du Temps vont perdre leur fraîcheur;
Les Muſes, les Talens, idoles de ton cœur,
L'Imagination, puiſſante enchantereſſe,
Dans tes ſens engourdis ne porte plus l'ivreſſe;
De la gloire des Arts, cet amour enflammé,
S'eſt éteint dans un ſein de ſoucis conſumé.
Tu perds tout à la fois, & dans ton indigence,
Il ne te reſte plus que ta morne indolence.
L'Hymen conſolateur t'ouvre & te tend les bras :
A l'Hymen, mon Ami, que ne devrois-tu pas !
Ah ! combien il eſt doux de confondre ſes larmes,
Et ſes moindres chagrins & ſes moindres alarmes ,

De goûter fans remords les plaifirs les plus chers,
Et d'être heureux fans crime aux yeux de l'Univers !
Sainte & pure union, célefte jouiffance,
Qu'ordonne la Nature, & permet l'Innocence,
Accord intéreffant des Graces, des Vertus,
Pour les infortunés tes nœuds furent tiffus,
Viens, pénètre avec moi dans cet afile fombre,
Où l'Indigence en pleurs fouffre & gémit dans l'ombre;
Vois des Hommes en butte à tous les coups du fort,
Qui, mourant mille fois, en invoquant la mort,
Sur un lit arrofé de leurs larmes amères,
Du pain de la douleur nourriffent leurs mifères ;
Tous ces infortunés, flétris par tant d'horreurs,
Dans leurs embraffemens éprouvent des douceurs;
Au fond de ce cachot reconnois ton femblable,
Qu'a profcrit l'injuftice, & que l'opprobre accable :
O Providence augufte ! il revoit fes enfans.....
Le plaifir brille encor dans fes yeux expirans ;
Il lève vers le Ciel fa tête appéfantie,
Et trouve moins amer le poifon de la vie.
Que dis-je ? Le fauvage, au fond de fes forêts,
Du faint nœud de l'Hymen connoît tous les attraits ;
Et toi, dans tes défirs, plus noble & plus fublime,
Que la raifon éclaire, & que l'honneur anime;
Toi, qui vois d'un coup d'œil les rapports mutuels,
Et la chaîne établie entre tous les Mortels,
De cet accord heureux, fpectateur immobile,
Tu voudrois ufurper le droit d'être inutile !
Abjure, fier Mortel, abjure en rougiffant,
L'erreur de ton efprit, que ton ame dément.

» Loin de moi tes conseils ; tu veux que je m'immole
» Pour ce Sexe trompeur, inconstant & frivole,
» Impérieux tyran de notre liberté,
» Que suivent le Parjure & l'Infidélité !
» S'ils pouvoient revenir, ces jours de l'Innocence,
» Où l'Hymen & l'Amour, que guidoient la Décence,
» Charmant par les plaisirs les devoirs les plus saints,
» De guirlandes de fleurs enchaînoient les Humains.

 » Mais non, l'Hymen n'est plus qu'un lien tyrannique,
» Ourdi par l'Intérêt & par la Politique ;
» Laisse-moi donc en paix au fond de mon réduit,
» Jouir de ma pensée, & du temps qui s'enfuit.
» Ces Livres que tu vois, que je relis sans cesse,
» Me tiennent lieu d'Amis, de Femme & de Maîtresse,
» Charmes de tous les lieux & de tous les instans,
» Pour l'Homme solitaire, ils sont toujours constans.
Va, malgré tes crayons, trop durs & trop sévères,
Il est encor, crois-moi, des Épouses, des Mères
Que parent les Vertus, qu'embellissent les Mœurs,
Qui, méprisant la mode & ses succès trompeurs,
Dans le sein d'un Époux versent de douces larmes,
Et pour mieux l'enchaîner sont fières de leurs charmes.

 Si dans ce tourbillon, objet de ton mépris,
Au milieu des travers, des vices réunis,
S'offroit à tes regards une Beauté sensible,
A la contagion toujours inaccessible,
Qu'embelliroient encor l'Esprit & la Bonté,
La touchante Candeur, la douce Aménité......
Ta fière liberté, tristement mutinée,
Pourroit-elle rougir de se voir enchaînée ?

Où trouver, diras-tu, ce chef-d'œuvre des Cieux,
Dont l'éclat n'est point fait pour des profanes yeux ?
Tu prends pour m'abuser un soin trop inutile.
Où le trouver ? Regarde auprès de ton asile.
Tu soupires .... tu sors d'un pénible sommeil,
Les rayons du bonheur éclairent ton réveil.
Cet objet vertueux n'est donc point chimérique ?
Renonce il en est temps à ton orgueil stoïque,
Reconnois l'Innocence, & tombe à ses genoux ;
Ne rougis point de toi dans des momens si doux ;
Que parmi ses sujets le tendre Amour te nomme :
Aux pieds de la Beauté le Sage n'est qu'un Homme.
Quel brillant avenir va s'ouvrir devant toi !
Quand les gages heureux d'une constante foi,
Pour te plaire, essayant leur voix foible & naissante,
De leur berceau tendront une main caressante,
Quand ta tendre Moitié, prodigue de son lait,
Dans leurs traits incertains cherchera ton portrait,
Et lorsque les regards d'un Époux & d'un Père
Fixeront tour-à-tour les Enfans & la Mère ;
Mes yeux se rempliront des pleurs du sentiment,
Et mon cœur jouira de ce tableau charmant.
Alors, ô mon Ami ! pleins de la même ivresse,
Nous relirons ces vers que ma Muse t'adresse ;
Ces vers de l'amitié, fière de ton bonheur,
Plus content de toi-même, & plus tendre & meilleur,
Dans le sublime élan de ton ame ravie,
Tu croiras mieux aimer ton Prince & ta Patrie,
Et tu verras que l'Homme, heureux de s'attendrir,
Se lasse de penser, & jamais de sentir.

F I N.